Ce manga est publié dans son sens
de lecture originale, de droite à gauche.

Ici, vous êtes donc à la fin.

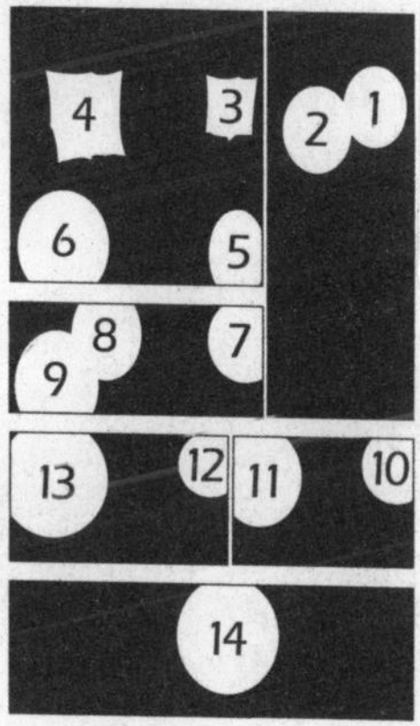

7, avenue P-H Spaak - 1060 Bruxelles

Achevé d'imprimer en septembre 2024 • Dépôt légal : octobre 2024
d/2024/0086/356 • ISBN 978-2-5051-2156-5

Traduit et adapté en français par Sophie Lucas
Conception graphique : Vanya Michel
Adaptation graphique : Éric Montésinos

Imprimé et relié en Italie par Grafica Veneta Spa,
Via Malcanton 2, 35010 Trebaseleghe (Pd)

PEFC
PEFC/18-31-226
Certifié PEFC
Ce produit est issu de forêts gérées durablement et de sources contrôlées
www.pefc.be

MAGILUMIÈRE CO. LTD.

LISTE DES CONTRIBUTEURS

STAFF

AIDA CHIHIRO

Anniversaire : le 19 février
Mets préférés : l'*ume suisho**, les poires, les *gyôza*

STAFF

YÛTO SAEZU

Anniversaire : le 30 novembre
Mets préféré : la viande grillée

STAFF

TAKUMA TATEISHI

Anniversaire : le 23 décembre
Mets préféré : le *hambâgu***

STAFF

RYÔ HONMA

Anniversaire : le 27 avril
Mets préféré : le curry

STAFF

HINAKO YANO

Anniversaire : le 21 juillet
Mets préférés : l'anguille, le *mabôdôfu*

Magilumière Co. Ltd.

Design livres	TADASHI HISAMOCHI, SEIKO TSUCHIHASHI
Édition livres	YÛKO ABE
Responsable d'édition	SHÛ MURAKOSHI

* Cartilage de requin assaisonné avec une sauce à la prune japonaise.
** Steak haché mélangé à d'autres ingrédients, modelé sous la forme d'un steak haché "traditionnel".

CHAPITRE BONUS (FIN)

IL SÉLECTIONNE SA TENUE DU JOUR.
8 h 00
ARRIVÉE AU BUREAU.
T'ES DÉJÀ LÀ ?
BONJOUR, PATRON !
En train de faire le ménage...
Planning prévisionnel
TIENS... C'EST UNE NOUVELLE TENUE, NON ?
OUI. T'EN PENSES QUOI ?
FROUH
HMM...
6...
NON, 7...
... MILLIARDS DE POINTS !!
LA NOTE N'EST JAMAIS DESCENDUE EN DESSOUS DU MILLIARD.

BIP ピ
7 h 00
IL REGARDE LES DESSINS ANIMÉS DU DIMANCHE QU'IL A ENREGISTRÉS.
LE DIMANCHE, IL LES REGARDE EN DIRECT.
Ah ! J'ai trouvé une bonne idée !
EN SEMAINE, IL REGARDE TOUS LES JOURS SES ENREGISTREMENTS, JUSQU'AU DIMANCHE SUIVANT.
C'est n'importe quoi !
7:28
7 h 30

ENGAGE UNE NOUVELLE MAGICAL GIRL, JE TE PRIE.
AH... VOUS AVEZ RENVOYÉ UNE DES FILLES EN CONTRAT À DURÉE DÉTERMINÉE, DONC.
ON VA ENCORE DIRE QUE VOUS AVEZ DES PRATIQUES D'EMPLOI INHUMAINES.
TOUT CE QU'ON GAGNE À ÊTRE HUMAIN, CE SONT DES DÉFICITS.
TROUVE-MOI UNE FILLE COMPÉTENTE, QUITTE À LA DÉBAUCHER CHEZ UN CONCURRENT.
おでん 380
冷奴 200
MAGILUMIÈRE CO. LTD. VOL. 1 - FIN

ENCORE 15 SECONDES, ET ON ATTEINT LES 3 MINUTES.
TU VOULAIS ME DIRE AUTRE CHOSE ?
...
...
NON...
BIEN.
POSE TA CARTE D'IDENTIFICATION, ALORS, AVANT DE PARTIR.
BIP !
OUI ?
HASEGAWA
FLAP
TU COMPRENDS ?

* 635 EUROS, ENVIRON.

... DE TOUTES LES RESPONSABILITÉS QUI ACCOMPAGNENT CE TRAVAIL, EN MÊME TEMPS.
C'EST VRAI...
ÇA TRANCHE RADICALEMENT AVEC LE SALAIRE QU'ON ME VERSAIT DANS MES JOBS D'ÉTUDIANTE.
LE POIDS DE CET ARGENT...
... ÉQUIVAUT AU POIDS DES RESPONSABILITÉS QUAND LA VIE DES GENS EST EN JEU.
GNH
SBAH

C'EST LA RÉMUNÉRATION POUR TON DÉPLACEMENT ET POUR TON ATTAQUE QUI A PORTÉ LE COUP FATAL.
TU AS LE DÉTAIL SUR LA FICHE DE PAIE, MAIS TU PEUX DÉJÀ JETER UN COUP D'ŒIL À L'INTÉRIEUR DE L'ENVELOPPE POUR TE RENDRE COMPTE DE CE QUE ÇA REPRÉSENTE.
FLIP ぺら
CALCUL IMMÉDIAAAT
C'EST...
C'EST BEAUCOUP !
パァァア
Avec 5 ou 6 missions, j'aurai presque assez pour vivre, non...?
コス
ÇA VAUT VACHEMENT LE COUP, PAS VRAI ?
HI ビクッ
C'EST À LA HAUTEUR...

TU AS FAIT DU BON TRAVAIL.

EN CE QUI CONCERNE TA RÉMUNÉRATION...
... NOUS FONCTIONNONS AVEC UN SYSTÈME DE COMMISSIONS, QUI VIENT S'AJOUTER À TON SALAIRE DE BASE.
COMMISSIONS...?
ÇA SIGNIFIE QUE TU REÇOIS UN PAIEMENT EN FONCTION DE TES RÉSULTATS.
NORMALEMENT, TU ES PAYÉE LE MOIS SUIVANT...
... MAIS EXCEPTION-NELLEMENT, POUR QUE TU COMPRENNES LE FONCTION-NEMENT...
FRSH
VOICI...
... TA COMMISSION POUR LE TRAVAIL D'AUJOURD'HUI.

PARLONS DE TON CONTRAT D'EMBAUCHE.
Il a enfin arrêté de pleurer.
CECi EST UN CONTRAT À DURÉE iNDÉTERMiNÉE.
NOUS FOURNiSSONS LES ARMES ET LES UNiFORMES.
EN PLUS DE L'ASSURANCE SOCiALE, TU AS DROiT À UNE ASSURANCE SPÉCiALE POUR LES MAGiCAL GiRLS.
CHAQUE ANNÉE, TU DEVRAS PASSER UN EXAMEN MÉDiCAL SiMPLE, AVEC ANALYSES SANGUiNES, NOTAMMENT.
LiS LE CONTRAT POUR VOiR LE DÉTAiL DES CONDiTiONS QUi Y SONT RATTACHÉES.

SBLAAAF だばー
OUAAAAAH !
ビクッ
VOUS VOUS RENDEZ COMPTE, C'EST NOTRE DEUXIÈME MAGICAL GIRL...
RIEN N'EST PLUS PRÉCIEUX QUE LES EMPLOYÉS, POUR UNE START-UP...
SNIF えぐ
BRR ガタ ガタ BRR
VOUS AVEZ TOUT À FAIT RAISON, PATRON.
JE SUIS FIER DE VOUS. VOUS AVEZ RÉUSSI À NE PAS PLEURER, JUSQUE-LÀ.
SAKURAGI, JE SUIS VRAIMENT...
... HEUREUX DE POUVOIR TRAVAILLER...
... AUX CÔTÉS D'UNE FILLE SI PROMET-TEUSE...
FSHHH だばぁ
Ben quoi ?
T'es en train de chialer, au cas où tu l'aurais pas remarqué.
RE CO. LTD.

TU PEUX FAIRE...
... CE QUE TU VEUX, COMME TU VEUX.
D'ACCORD...
ET UNE FOIS DE PLUS...
... BIENVENUE...
... CHEZ MAGILLUMIÈRE.

AH, VOUS REVOILÀ !
AH !
PSHOUT
OUI, MAIS NE T'EN FAIS PAS.
TANT QUE PERSONNE D'IMPORTANT NE SE MET EN COLÈRE...
AH... AH BON...?
EUH... PATRON... VOUS... VOUS VOUS ÊTES FAIT DISPUTER À CAUSE DE MOI...?
Vous n'étiez pas en pleine conversation, là...?
LA VIE DE KOSHIGAYA ÉTAIT EN DANGER...
... ET TU AVAIS LES CONNAIS-SANCES SUFFISANTES.
... N'EST-CE PAS TROP DANGEREUX DE S'EN SERVIR, POUR UNE DÉBU-TANTE ?
JE DONNE MON AUTORI-SATION.
À PARTIR DU MOMENT OÙ TON SUPERVISEUR A DONNÉ LE FEU VERT, IL N'Y A PAS DE PROBLÈME.
Mais...
AAH あわ
AAH あわ
... j'ai tout de même une responsabilité...
SAKURAGI...
QUELLES QUE SOIENT LES CONSÉQUENCES DE TES ACTES, À PARTIR DE MAINTENANT...
... J'EN PRENDRAI L'ENTIÈRE RESPONSABILITÉ, DU MOMENT QUE ÇA N'IMPLIQUE PERSONNE EN DEHORS DE NOTRE SOCIÉTÉ.

... REMETTRE EN CAUSE LES USAGES...
... C'EST JUSTEMENT L'ESSENCE DES START-UP.
Planning prévisionnel
...
CLAC
ガチャ
ADMETTONS.
QUOI QU'IL EN SOIT...

... VOUS POURREZ TOUJOURS VENIR TRAVAILLER POUR NOUS EN TANT QUE CONSULTANT.
JE VOUS VERSERAI UN BON SALAIRE.
...
Ministre de la Santé, du Travail et du Bien-être
ARRÊTEZ AVEC VOS PLAISANTERIES. J'AI L'IMPRESSION DE VIEILLIR À VUE D'ŒIL, À VOUS ÉCOUTER...
VOUS N'ARRÊTEZ PAS DE BRISER TOUS LES USAGES QUI ENTOURENT L'ACTIVITÉ DE MAGICAL GIRL.
PARDON DE VOUS CONTREDIRE, MAIS...

JE SUIS VRAIMENT DÉSOLÉ.
NON MAIS VRAIMENT... VOUS CROYEZ POUVOIR VOUS EN TIRER AVEC DES EXCUSES ?!
NON, D'AILLEURS, JE SUIS PAR TERRE, DANS LA POSTURE DE CONTRITION LA PLUS EXTRÊME.
VRAIMENT ? PARCE QUE J'AI PLUTÔT L'IMPRESSION, À VOUS ENTENDRE, QUE VOUS AVEZ LE DOS BIEN DROIT, AU CONTRAIRE.
ぐい Hm
ぐい Hm
LAISSER UNE STAGIAIRE UTILISER UNE MAGIE AUSSI PUISSANTE...
C'EST BIEN BEAU DE FAIRE MONTER LE NIVEAU, MAIS C'EST SUR MOI QUE ÇA VA RETOMBER, APRÈS.
EH BIEN, QUAND CE SERA LE CAS...
とん TAP
とん TAP

JE N'ARRIVE TOUJOURS PAS À CROIRE...
...QUE C'EST MOI...
...QUI VIENS D'UTILISER DE LA MAGIE.
OUI...
J'EN AI ENCORE LES MAINS QUI TREMBLENT...
ブル
BRR
ILS NOUS ATTENDENT, N'EST-CE PAS ?
On doit se dépê-cher...!
OUI, ENFIN... LE PATRON...
... EST PEUT-ÊTRE EN TRAIN DE SE FAIRE PASSER UN SAVON, ALORS...
HEIN ?!
HÉ HÉ

GARE Entrée Est
CHAPITRE 4 ENCORE UNE FOIS, BIENVENUE CHEZ MAGILUMIÈRE CO. LTD.
ÇA FAIT DU BIEN...
... DE RENTRER AU BUREAU APRÈS AVOIR ACCOMPLI SON TRAVAIL, PAS VRAI ?

Magilumière Co. Ltd.

Allons à leur rencontre.
Qu'est-ce que vous faites ?
Mon maquillage a coulé...
TIP TIP
ちょこ ちょこ

INCROYABLE...
ELLE A RÉUSSI UNE EXTERMINATION DÈS SON PREMIER JOUR...
ELLE NE S'EST PAS CONTENTÉE DE SUIVRE LES INDICATIONS DE SA COLLÈGUE PLUS EXPÉRIMENTÉE...
ELLE A PRIS L'INITIATIVE D'UTILISER DE LA MAGIE, EN FONCTION DES CIRCONSTANCES...
FUFUH
C'EST LA CANDIDATE PARFAITE POUR UNE ENTREPRISE COMME LA NÔTRE.
PATRON... VOUS PLEUREZ ?
ÉVIDEMMENT QUE JE PLEURE.
COMPLETE
MIDORIKAWA... TOI AUSSI, TU PLEURES, NON...?
BEN... C'EST LA FAUTE DU PATRON, C'EST LUI QUI ME FAIT PLEURER...

CIBLE ACQUISE !!

キュ
SHOUOOOH
オ
オ
オ
ガ
SHLING

C'EST BON, IL EST PRÊT À ÊTRE COMPRESSÉ !
CLAC
TIC
FORMAT WIT !

BÔÔÔH
FLIC
チ
カッ

DÉPLOIEMENT DU MODÈLE A...
... LA CIBLE EST DROIT DEVANT.
PUISSANCE MAXIMALE.
AJUSTEMENT DU VISEUR... O.K. !
EXÉCUTION DE LA TÂCHE !

JE COMPTE SUR TOI...
... KANA...
MERCI...!
BRÔÔÔH

TAP
FIOUUUUUH
SWISH

C'EST AUSSI POUR T'AIDER QUE J'AI DÉCIDÉ D'INTÉGRER UN NOUVEL ÉLÉMENT À L'ÉQUIPE.
FLOUP

SAKURAGI EST UNE MAGICAL GIRL, ELLE AUSSI.
MAGI
MG.ink
ÇA VA ALLER.
KOSHI-GAYA !
SBAH
NE TENTE PAS L'IMPOSSIBLE, S'IL TE PLAÎT.

MAGI
ATTENDS, NIKO ! JE VAIS ME DÉBROUILLER !
KOSHIGAYA !
C'EST TROP DANGEREUX POUR ELLE...
PSHOUT

KOSHI-GAYA !
SAKURAGI A L'INTENTION DE TIRER UNE BALLE MAGIQUE À LONGUE PORTÉE.
LA PUISSANCE DE FEU SERA SUFFISANTE. OCCUPE-TOI DE LA COMPRES-SION, APRÈS L'ATTAQUE.
QU'EST-CE QUE TU RAC...

ON NE PEUT PAS SE PRÉTENDRE UNE START-UP...
... SI ON N'EST PAS CAPABLES DE FAIRE CONFIANCE AUX NOUVEAUX ÉLÉMENTS.
GUM
ACTIVATION DU CODE V...
LANCEMENT DU MODÈLE F...
... AVEC LANCEMENT DU MODE A EN PARALLÈLE...!
BRÔÔÔÔÔH
GAH

TAP TAP
C'EST... C'EST BIEN ÉCRIT !
C'EST ÉCRIT SUPER PETIT, MAIS BON...
JE NE SAVAIS QU'IL EXISTAIT UNE TELLE FONCTION...
MAIS...
... N'EST-CE PAS TROP DANGEREUX DE S'EN SERVIR, POUR UNE DÉBUTANTE ?
JE DONNE MON AUTORISATION.
SBAH
CONTACTE KOSHIGAYA.

DASH
QUOI...?
LES BALAIS NE SONT PAS UNIQUEMENT UTILES POUR VOLER.
TOUT SUR LES BALAIS
"EN METTANT À PROFIT LES DIFFÉRENTS MODES PRÉINSTALLÉS SUR LES APPAREILS...
TOUT SUR LES
... IL EST TOUT À FAIT POSSIBLE DE TIRER UNE BALLE MAGIQUE À USAGE UNIQUE."
À retenir
MÉMO
es balais ne sont pas uniquement utiles pour voler. En mettant à profit les différents modes préinstallés sur les appareils, il est tout à fait possible de tirer une balle magique à usage unique.

JE VAIS TIRER...
... UNE BALLE MAGIQUE !
?!
HAA わた
QUE...?
MAIS TU N'ES PAS ENCORE...?
COMMENT...?
HAA わた
TOUT SUR LES BALAIS, PAGE 49.

JE PEUX ÊTRE UTILE.
NIKOYAMA !
SAKURAGI ?!
QUE SE PASSE-T-IL ?
FUUUH
…
FAITES REVENIR KOSHIGAYA AUPRÈS DE MOI, S'IL VOUS PLAÎT.

HA
MAIS JE NE SUIS...
... QU'UNE DÉBUTANTE...
NON...

LE PLUS SÛR...
TU N'EN AS PEUT-ÊTRE PAS CONSCIENCE...
... MAIS TU ES UNE PERSONNE EXTRÊMEMENT BRILLANTE.
TOUT SUR LES BALAIS
IL N'EST JAMAIS TROP TARD POUR VOLER SUR UN BALAI

... À QUOI CELA M'A-T-IL SERVI, JUSQU'À PRÉSENT ?
SOIT JE PARLE, ET JE RISQUE DE GÊNER INUTILEMENT...!
... SOIT JE ME TAIS, ET JE FINIS MON PREMIER JOUR LÀ-DESSUS.

MAIS, ET SI J'ÉCHOUE ?
BRR
BRR
SI J'OCCASIONNE D'IMPORTANTS DÉGÂTS, À CAUSE D'UN ACTE INCONSIDÉRÉ ?
KOSHIGAYA EST SANS DOUTE CAPABLE DE SE DÉBROUILLER SANS MOI.
MAIS OUI...
TOUT CE QUE J'AI APPRIS EN LISANT DANS LES LIVRES...
63
PRÉSENTATION
Mes points forts sont
SE VENDRE EN TOUTE SIMPLICITÉ
Plus de 200 000 exemplaires écoulés
Les règles pour réussir d'après Muraoka
KIYOSHI MURAOKA

IL Y A PEUT-ÊTRE QUELQUE CHOSE À TENTER...
... POUR NOUS SORTIR DE LA SITUATION ACTUELLE.
MAIS...
GLOUPS
... JE SUIS LA SEULE...
... QUI PUISSE LE FAIRE...!!

TOUT SUR LES BALAIS
À retenir Mémo
JE PEUX LE FAIRE...!
PSST
ボソ
?!
QU'EST-CE QUE JE RACONTE...?
OUI, MAIS...

C'EST VRAI QUE SAKURAGI N'A PAS ENCORE APPRIS À SE SERVIR DE LA MAGIE.
KOSHIGAYA EST LA SEULE À POUVOIR ATTAQUER... MAIS...
PEUT-ÊTRE, MAIS CE N'EST QU'UNE QUESTION DE TEMPS.
HAN
!?
COMBIEN DE FOIS JE ME SUIS SORTIE DE SITUATIONS MERDIQUES, À VOTRE AVIS ?
JE L'ÉCLATE EN DEUSPI, ET ENSUITE, ON VA S'EN JETER UN !
HAN

QU'EST-CE QUE VOUS AVEZ À FAIRE DES MESSES BASSES ?!
HAN
C'EST SIMPLE COMME BONJOUR, TOUT ÇA !
HAN
SWOOP
TU... TU DOIS ARRÊTER ! CE SERAIT TROP DANGEREUX DE CONTINUER À VOLER !
NE DIS PAS N'IMPORTE QUOI !
SI JE ME METS À RECULER MAINTENANT, QUI VA PORTER L'ATTAQUE, HEIN ?!
JE REFUSE DE METTRE NOTRE NOUVELLE COLLÈGUE EN DANGER !

KOSHI-
GAYA !!
GNH !!

KOSHI-GAYA !
POUR LE BALAI, PRENDS-EN UN VIEUX.
ENTENDU !
BAM
JE REVIENS TOUT DE SUITE !
BROOOH
KOSHIGAYA UTILISE TOUJOURS LE MÊME BALAI DE RÉSERVE, DEPUIS QU'ELLE A PERDU LE SIEN.
LES BALAIS DE RÉSERVE SONT D'ANCIENS MODÈLES, TOUT SIMPLEMENT… ILS COMMENCENT À ÊTRE USÉS.
AVEC L'UTILISATION QU'ELLE VIENT D'EN FAIRE, EN PLUS…
PANG
SON BALAI DOIT SUPPORTER LE POIDS DE LA PERSONNE QU'ELLE VIENT DE SECOURIR.
SI ON NE FAIT RIEN, IL Y A UN VRAI RISQUE DE CHUTE…
CRAC

EMERGENCY
school
!!
TU AS RAISON !
IL Y A UNE FUITE DE MAGIE.
TU AS VRAIMENT L'ŒIL, POUR T'ÊTRE APERÇUE D'UN TRUC PAREIL !
AH... C'ÉTAIT ÉVOQUÉ DANS UN DES LIVRES QUE J'AI LUS TOUT À L'HEURE.
IL Y AVAIT TOUT UN PASSAGE AVEC UNE MISE EN GARDE SUR DES SYMPTÔMES IDENTIQUES...
Les signes de fatigue des balais
JE SAIS POURQUOI...

SCRRIH
SCRRIH
NI... NIKOYAMA !
SAKURAGI ? QUE SE PASSE-T-IL ?
EUH... JE N'EN SUIS PAS SÛRE, MAIS...
... JE ME DEMANDE SI L'ARRIÈRE DU BALAI DE KOSHIGAYA NE SERAIT PAS FISSURÉ...
L'ARRIÈRE DE SON BALAI...?

FIOUUUUUUH
VOILÀ DÉJÀ LE PREMIER COUP !
HMM... ON NE PEUT PAS NIER SON GÉNIE, MAIS JE VOIS CE QUE TU VEUX DIRE...
RIEN QU'À LA REGARDER SE BATTRE, J'EN AI DES CRAMPES AU VENTRE...
Et puis, c'était pas un seul coup, en plus...
...
SBLAAAM
BOUM
!!

BAH
BAH
SBAH
BAH
BOOH
BOOH
BOOH
BOUM
BOUM
BOUM
BOUM

SBAH
ズァ
HOP !
ドサ
SBAF
パキ
CLING
パキ
CLING
...!
GNIHI
にかっ
SAKURAGI...
N'OUBLIE PAS QUE CE N'EST PAS À REPRODUIRE, HEIN...
Magical girl est un métier très sûr, normalement...
...
C'EST PARFAIT.
J'AI PLUS QU'À LE FINIR.
FLOUH

PANG
GNH
FLOUSH

EXÉCUTION DE LA TÂCHE !
CRAC
バチ
CRAC
バチ
PSHIT
FIOUH

BRÔÔÔH
KOSHI-GAYA !
IL PRÉPARE UNE ATTAQUE PAR UN AUTRE ANGLE !
GNIH
JE VOIS BIEN, MERCI !
PSHOUT
SWING

BLOP
ぐも
BLOP
ぐも
FALLAIT QUE CE SOIT UNE FENÊTRE QUI NE S'OUVRE PAS...
C'EST MALIN !
JE VAIS FAIRE D'UNE PIERRE DEUX COUPS.
MAGIE À COURTE DISTANCE...
ポ
ワ
SBOOH
BRÔÔÔH
... EXTRACTION DU MODÈLE 3 !
APPLICATION UNIQUE, PUISSANCE 30...
DE B5 À AE33 !
CRIH

JE REVIENS TOUT DE SUITE !
BRÔÔH
Ni... NIKO-YAMA...
EUH... NISHIGAYA EST UN PEU SPÉCIALE...
N'ESSAYE PAS DE L'IMITER, SURTOUT.
C'EST NOTÉ...
SWOOH

JE NE RISQUE RIEN, TANT QUE JE NE L'ATTAQUE PAS.
SWOONG
GNH
KOSHI-GAYA ?!
Elle vole à l'envers ?!
AAAHA !
AAH...
AAAAH...
KANA !

ピ BIIIIP
Scanning…
BI ピ BI ピ BI ピ BIP ピ...
HIT. 1
HUMAN
IL Y A BIEN QUELQU'UN !
LE SCANNER A RÉAGI. IL Y A QUELQU'UN DERRIÈRE LA 4e FENÊTRE, SUR VOTRE GAUCHE.
J'EN ÉTAIS SÛRE.
ÇA NE ME PARAISSAIT PAS NORMAL...
ZYEUTE チラ
KANA EST NOUVELLE, C'EST SON BAPTÊME DU FEU...
... MAIS JE NE VEUX PAS LA METTRE EN DANGER...
O.K. !
JE VAIS LE SECOURIR !
MAIS, C'EST TROP DANGEREUX DE S'APPROCHER !

ぐじゃ
BLÔRB
BLÔRB
ぐじゃ
C'EST UN MONSTRE QUI SE NICHE DANS UN ENDROIT DE L'IMMEUBLE, COMME UNE CANALISATION, ET QUI SE MET BRUSQUEMENT À PROLIFÉRER.
VOUS POUVEZ L'ATTAQUER DE L'EXTÉRIEUR EN TOUTE SÉCURITÉ…
… MAIS LES PARTIES PROÉMINENTES POURRAIENT VOUS ATTAQUER. RESTEZ BIEN À DISTANCE.
BLÔRB
ぐじゃ
NIKO…
TU PEUX VÉRIFIER S'IL N'Y A PAS D'HUMAIN ?
QUOI…?
ON NOUS A INFORMÉS QUE L'ÉVACUATION ÉTAIT TERMINÉE, NORMALEMENT…
Y A UN TRUC QUI CLOCHE.

CRAC
パキ
CRAC
パキ
パリ
CLAC
HOULÀ ! ÇA COUVRE TOUT L'ÉTAGE !
C'EST UNE FORME DE MONSTRE QUI PARASITE LES CONSTRUC-TIONS...

EST-CE QUE TU M'ENTENDS, SAKURAGI ?
C'EST NIKOYAMA.
OUI !
JE VAIS VOUS AIDER À DISTANCE.
L'ENDROIT QUE VOUS DEVEZ NETTOYER...
... SE SITUE À L'ENTRÉE DE LA ZONE COMMERCIALE, À 11 H.
VOUS DEVRIEZ BIENTÔT L'AVOIR EN VISUEL.
EARTH & PEASE

C'EST DINGUE...
JE RESSEMBLE...
... À UNE VRAIE MAGICAL GIRL.
CLAC
ガ
チャ
BAH
BAH
BAH
BAH
TAC
ガタ

TU VOIS, T'ARRIVES À VOLER !
TU TE CAPABLE D'ALLER UN PEU PLUS VITE ?
PSST
ON VA REMETTRE ÇA À PLUS TARD, SI ÇA VOUS ENNUIE PAS !
La base du vol
1) Dans un premi
maintenir une
droite qui per
2) Pour accélére
OUAH ! T'ES VACHEMENT CONCENTRÉE, DIS DONC...
PSST
PSST
TOUT VA BIEN... J'AI MÉMORISÉ TOUTES LES BASES.
SI BESOIN EST, JE SAURAI RÉAGIR...
GNH

OUAAAAH...

CO. LTD.
EN VOL !
シュバババ
SBAH BAH BAH
ELLE VOLE... C'EST DÉJÀ ÇA...
JE ME SENS COMME UNE MÈRE QUI VOIT PARTIR SES ENFANTS DU NID.
PATRON ! MIDORIKAWA ! ALLONS DANS LA SALLE DE CONTRÔLE !

GNH
JE SUIS PRÊTE !
TAP
PARFAIT !

SENS DU VENT, O.K.
PAS D'OBSTACLE.
FIOUUUUH
LES CONDITIONS SONT IDÉALES POUR UN PREMIER VOL.
CHAPITRE 3 EXÉCUTION DE LA TÂCHE
TU TE SENS PRÊTE À Y ALLER, KANA ?

Magilumière Co. Ltd.

KANA, C'ÉTAIT VRAIMENT EXTRA !
BRAVO, NIKOYAMA. BRAVO !
KOSHIGAYA...
SWISH
ビシッ
EST-CE QUE TU ES PRÊTE...
... POUR TON PREMIER TRAVAIL ?!
...
OUI !

SBAH
JE ME SUIS...
... TRANS-FORMÉE...
OUGH
ぎょ
だばー
FSHHH
ÇA VALAIT LE COUP DE FIGNOLER LES EFFETS...
ÇA ME FAIT TOUJOURS AUTANT PLEURER...
LA PREMIÈRE FOIS, ÇA ME FAIT TOUJOURS CET EFFET-LÀ...
ILS FONT VRAIMENT PEUR, LES GENS D'ICI...

FOUAH
PSHI
SHOU
FROUH

BAH
BAH
BAH
BAH
BAH
BAH
FOUAH
OUAH !
C'EST BIENTÔT FINI !
REDRESSE-TOI...

PAAAAH
パァァァァァ
FLIC
キラ
FLIC
キラ
QUE... QU'EST-CE QUE JE DOIS FAIRE ?
HAA わた
TOUT VA BIEN, NE T'INQUIÈTE PAS !
わた
HAA
RESTE COMME ÇA, C'EST PARFAIT !
PSHI
VROUUU

... DU PRO-GRAMME C !!
FLASH
KIIII
FOUAH

CARTE PROFESSIONNELLE
TU LA PLACES DEVANT TOI ET TU LANCES L'ORDRE...
... "ACTIVATION DU PROGRAMME C" POUR FAIRE PARTIR LA TRANSFORMATION !
C'EST LA PREUVE QUE J'AI DÉSORMAIS UN TRAVAIL...
... ET QUE JE SUIS UNE MAGICAL GIRL.
GNH
ACTIVATION...

POUR UNE START-UP...
... IL N'Y A RIEN QUI PUISSE NOUS FAIRE PLUS PLAISIR.
J'AI FINI !!
DÉJÀ ?!
C'EST L'OBJET QUI TE PERMETTRA DE TE TRANS-FORMER...
... ET C'EST AUSSI TA CARTE PROFESSION-NELLE !!
CARTE PROFESSIONNELLE
MAGICAL GIRL
KANA SAKURAGI
COMPANY LIMITED

C'EST NOUS QUI DEVRIONS...
... NOUS CONSIDÉRER HEUREUX DE T'AVOIR.
TU NOUS AS VUS TRAVAILLER...
... TU NOUS AS AIDÉS...
... ET TU AS EXPRIME TON ENVIE DE NOUS REJOINDRE.

VOUS SAVEZ...
... QUELQUE PART...
... ÇA ME REND HEUREUSE.
JUSQU'À HIER, JE N'ÉTAIS ENCORE QU'UNE ÉTUDIANTE...
... MAIS VOIR QU'ON PEUT AVOIR TELLEMENT D'ATTENTES ENVERS MOI...
... QU'ON PEUT FAIRE AUTANT D'EFFORTS POUR MOI...
... C'EST PRESQUE DU GÂCHIS...
BAH !!

TA PEAU EST PLUTÔT BRONZÉE, NON ?
EUH... OUI...
TU MESURES DANS LES 1,53 M ?
OU... OUI...
TA POINTURE... DU 37,5 ?
OUI...
FIXE
TAC TAC TAC
FIXE
FIXE
TAC TAC TAC
SBAH
J'ARRIVE À LA VOIR !
LA PLUS KAWAII DES MAGICAL GIRLS !
OUAAH ! ÇA Y EST !
MAGNE-TOI, NIKO ! ON VEUT VOIR, NOUS AUSSI !
SBAH BAH
JE CONÇOIS TOUT DE SUITE LE PROGRAMME DE TRANSFORMATION !
DÉPÊCHE-TOI !
TAC-TAC
TAC TAC TAC TAC TAC TAC TAC TAC
NIKO EST TOUJOURS COMME ÇA.
ESSAYE D'ÊTRE GENTILLE AVEC LUI...

C'EST KAZUO NIKOYAMA, L'INGÉNIEUR EN MAGIE DE LA BOÎTE.
AJUSTEMENT DES BALAIS, CONSTRUCTION DES OUTILS DE TRANSFORMATION, SOUTIEN À DISTANCE...
SON TRAVAIL D'APPUI EST INDISPENSABLE À TOUT CE QU'ON FAIT.
JE T'ATTENDAIS... JE T'AI TELLEMENT ATTENDUE...
MAINTENANT QU'UNE NOUVELLE MAGICAL GIRL NOUS A REJOINTS...
... JE VAIS ENFIN POUVOIR TESTER MES NOUVEAUX EFFETS DE TRANSFORMATION ...!!
SBAH
MERCI !

PATRON !
LA NOUVELLE...
... EST DÉPLOYÉE ?!
PLIC
ボロ
PLIC
ボロ
PLIC
ボロ
OUI !
TU AS CARTE BLANCHE !
FAIS JUSTE EN SORTE QU'ELLE SOIT EXTRA KAWAII !!
OUIIIIIN !
だー
PLIC
PLOC
ÇA VA ALLER, KANA.
JE SAIS QU'IL FAIT FLIPPER...
... MAIS N'AIE PAS PEUR.

CE QUI SIGNIFIE QU'IL FAUT PRÉPARER SA TRANS-FORMATION !
NIKOYAMA !
BANG
J'AI ENTENDU LE MOT "TRANSFOR-MATION" ???!!!
SBAH BAH BAH
SPOOF
PSST
PSST
?!
C'EST LE MÊME QUE TOUT À L'HEURE...?
HI !
GRAB

JE VEUX Y ALLER...
... S'IL VOUS PLAÎT.
MERCI.

... TU NE TE SENS PAS EN MESURE D'Y ALLER, JE NE T'Y FORCERAI PAS.
C'EST À TOI DE DÉCIDER.

TU N'EN AS PEUT-ÊTRE PAS CONSCIENCE...
... MAIS TU ES UNE PERSONNE EXTRÊMEMENT BRILLANTE.
SI MALGRÉ TOUT...

TU AS SU OBSERVER LES CHOSES CALMEMENT, MALGRÉ LA SITUATION EXTRÊME DANS LAQUELLE TU TE TROUVAIS.
TU AS COMMUNIQUÉ AVEC KOSHIGAYA ET TU LUI AS OFFERT UNE SOLUTION...
... QUE TU AS SU METTRE EN APPLICATION EN FAISANT PREUVE D'INITIATIVE.
CE QUE TU AS FAIT...
... AURAIT ÉTÉ IMPOSSIBLE POUR UNE PERSONNE ORDINAIRE.

... PARCE QUE J'AI VU UNE DÉMONSTRATION AU COURS D'UNE RÉUNION D'INFORMATION POUR LES PERSONNES QUI POSTULAIENT POUR LA SOCIÉTÉ QUI A DÉVELOPPÉ CET OUTIL...
CE N'EST PAS GRAND-CHOSE...
VRAIMENT ?
IL Y A SANS DOUTE BEAUCOUP DE PERSONNES QUI "CONNAISSENT" CET OUTIL...
... MAIS IL Y EN A PEUT-ÊTRE UNE SUR 100 QUI SAIT LE FAIRE FONCTIONNER.
ET DANS CES CIRCONSTANCES, ÇA NE DOIT PAS DÉPASSER UNE PERSONNE SUR 1 000.

J'AI VU L'ENREGISTREMENT QUI MONTRE LE MOMENT OÙ TU AS AIDÉ KOSHIGAYA, PLUS TÔT DANS LA JOURNÉE.
HEIN...?
CET OUTIL DE MAGIE EST RELATIVEMENT NOUVEAU, MÊME POUR LES PROFESSIONNELS COMME NOUS.
ICI, C'ÉTAIT LA PREMIÈRE FOIS QUE NOUS NOUS EN SERVIONS.
JE M'EN TAMPONNE ! ET PUIS, CE NOUVEL OUTIL MAGIQUE EST VRAIMENT SUPER DUR À UTILISER !
JE VAIS ENVOYER UNE ATTAQUE SPÉCIALE DANS LA TRONCHE DE CEUX QUI L'ONT DÉVELOPPÉ, TU VAS VOIR !
ARRÊTE... N'OUBLIE PAS QUE TU ES UNE MAGICAL GIRL...
BLAM
ET POURTANT, TOI, TU AS TOUT DE SUITE SU L'UTILISER.
AH... C'EST SEULEMENT...

KANA...
T'INQUIÈTE PAS.
LES BALAIS, C'EST SIMPLE COMME BONJOUR.
SI C'ÉTAIT...
...CENSÉ ME RASSURER, C'EST RATÉ...
BOOONG
ガーーン...
SAKURAGI...

C'EST MOI QUI L'AI ASSIGNÉE À CE TRAVAIL.
!!
PATRON !!
JE... JE NE PEUX PAS LE FAIRE !
JE VAIS VOUS ATTIRER DES ENNUIS ! JE NE SUIS MÊME PAS CAPABLE...
... DE MONTER CONVENABLEMENT SUR UN BALAI...
POF...

Planning
16:30
Requête d'extermination Koshigaya/ Sakuragi
REQUÊTE D'EXTERMINATION, À PARTIR DE 16 H 30, KOSHIGAYA ET SAKURAGI !
QU'EST-CE QUE C'EST, UNE REQUÊTE D'EXTERMINATION ?
C'EST UN TRAVAIL QUI CONSISTE À ALLER ÉLIMINER DES MONSTRES RELATIVEMENT MODESTES, À L'ENDROIT OÙ ILS SE MANIFESTENT.
C'EST BEAUCOUP MOINS DANGEREUX QUE CE QUE VOUS AVEZ VÉCU AVEC CE MONSTRE QUI A FAIT UNE APPARITION SOUDAINE...
C'EST UN TRAVAIL ORDINAIRE. C'EST SIMPLE COMME BONJOUR !
COMME SI ON POUVAIT SE FIER À SON AVIS...
... MAIS C'EST UN PEU TÔT POUR CONFIER CE TRAVAIL À UNE DÉBUTANTE, À MON AVIS...

LE PATRON EST LÀ ?!
TAP TAP TAP TAP
QU'EST-CE QUI T'ARRIVE...
... MIDORI-KAWA ?
ON A UN NOUVEAU TRAVAIL.
AUJOURD'HUI... REGARDE !

... QUE JE DOIS FAIRE DES EFFORTS POUR ME SOUVENIR DE TOUT.
C'EST LE SEUL ATOUT QUE JE POSSÈDE...
à maîtriser les balais
VOLER SUR
UN BALAI
Cahier d'application
Aide gratuite par téléphone
Balais
FACILE !
POUVOIR VOLER
COMPRENDRE LES BALAIS
... POUR ME RENDRE UTILE !!
BI-BI-BI-BI-BIP !
ALLÔ ?

JE SUIS SÛREMENT...
... UNE FILLE PAS PARTICULIÈREMENT TALENTUEUSE.
JE N'AI PAS LES SENS QUI ME PERMETTENT D'UTILISER DES OUTILS À L'INTUITION...
... NI LES COMPÉTENCES QUI ÉMERVEILLENT LES EXAMINATEURS...
... PAS PLUS QUE LA CAPACITÉ DE ME METTRE EN VALEUR AVEC STYLE.
FLAP
ペラッ
C'EST PARCE QUE JE N'AI RIEN DE TOUT ÇA...

HM
QUE SE PASSE-T-IL ? VOUS CHERCHEZ QUELQUE CHOSE ?
AH, PATRON...
NON, C'EST KANA QUI VEUT EN APPRENDRE PLUS SUR LES BALAIS.
ON PEUT SE METTRE ICI ?
OUI. JE NE ME SOUVENAIS PAS QU'ON AVAIT TANT DE LIVRES...
AH... ON EN A ACHETÉ DE NOUVEAUX, SUR LA DEMANDE DE KANA.
Je vous passerai la facture plus tard.
AH BON...

COMME TU VOUDRAS !
PEU IMPORTE LA FAÇON DONT TU METS LE PIED À L'ÉTRIER, UNE FOIS QUE TU AURAS COMPRIS, CE SERA SIMPLE COMME BONJOUR !
Inutile pour moi d'essayer de me fier à tout ce qui mérite la mention "simple comme bonjour", pour elle...
BALAIS pratiques (Definitive edition)
Pour voler en toute simplicité
SBLAF
SBLAF
BALAIS
SPLAF
BALAIS DE A À Z
CLAC
SPLAF
SPLAF

HAAA
CE N'EST PAS O.K. DU TOUT...
Je fais quoi ? Et ça veut dire quoi "bam"...?
JE CROIS QUE JE COMPRENDS... ELLE N'A PAS EU BESOIN DES MANUELS...
... POUR SAVOIR MONTER SUR UN BALAI, PARCE QU'ELLE Y ARRIVE À L'INTUITION...
Allez, essaye encore une fois !
BLING
FRSHAH
JE SUIS DÉSOLÉE, MAIS...
... JE VAIS COMMENCER PAR ALLER LIRE LES MANUELS...

DIX MINUTES APRÈS LE DÉBUT DE L'ENTRAÎNEMENT SUR LE TOIT...
TU M'IMPRESSIONNES, KANA...
C'EST LA PREMIÈRE FOIS QUE JE VOIS QUELQU'UN SE JETER SUR UN ARBRE AVEC TANT D'ENTHOUSIASME.
EUH... JE NE L'AI PAS FAIT EXPRÈS, VOUS SAVEZ...
BON, JE T'EXPLIQUE ENCORE UNE FOIS, ALORS.
UNE FOIS QUE T'ES DESSUS, TU FAIS COMME JE T'AI MONTRÉ.
ENSUITE, BAM ! TU TE STABILISES.
O.K. ?

LES BALAIS SONT DES OUTILS.
IL FAUT SAVOIR S'EN SERVIR, POUR VOLER DESSUS.
En cas de rafale de vent
CE N'EST PAS LE GENRE DE CHOSE QUI S'APPREND TOUT SEUL...?
EH NON, MALHEUREUSEMENT.
MANUEL POUR GRANDS DÉBUTANTS
LE TRAVAIL NE S'APPREND PAS PAR MAGIE...
C'EST QUOI, TOUT ÇA ?
BEN... JE ME SOUVIENS PAS D'AVOIR LU TOUT ÇA, MOI ?
VOLER SUR UN BALAI, ÇA S'APPREND TOUT SEUL !
KOSHIGAYA...
PUISQUE JE SUIS LÀ...
... TU VEUX QUE JE TE MONTRE ?

...
ET VOICI...
FRSHA
GNH
SBLAM
... LES MANUELS DE RÉFÉRENCE SUR LES BALAIS.
HM...?

IL Y A QUELQUES HEURES ENCORE...
... PERSONNE N'AVAIT BESOIN DE MOI.
UNE PROFES-SIONNELLE ACCOMPLIE...?
J'ÉTAIS DANS L'INCERTITUDE DE POUVOIR UN JOUR ENTRER DANS LA VIE ACTIVE...
Boîte de réception
Expéditeur : Ôtomo Constructions
Mademoiselle Sakuragi,
Je vous remercie d'avoir pris la peine de venir nous rendre visite.
J'ai malheureusement le regret de vous annoncer que nous ne pouvons pas donner suite à votre demande,
amen minutieux de votre
ture.
ous souhaite une bonne continuation, et prie pour la réussite de vos démarches.
... MAIS ICI, ON A BESOIN DE MOI.

NOUS NE POUVONS PAS NOUS PERMETTRE DE FORMER LES NOUVEAUX ENTRANTS PENDANT UNE ANNÉE ENTIÈRE, COMME ON LE FAIT DANS LES GRANDES ENTREPRISES.
EN ÉCHANGE...
... TU POURRAS DEVENIR UNE PROFESSIONNELLE ACCOMPLIE PLUS RAPIDEMENT QU'AILLEURS.
TOI AUSSI...
... TU POURRAIS ÊTRE UNE MAGICAL GIRL DÈS AUJOURD'HUI, SI TU LE SOUHAITAIS.

Oui, mais...
Vous... vous êtes sûr que je peux...
... utiliser un instrument aussi précieux, dès mon premier jour ?
Je suis presque encore une étudiante...
Sakuragi...
Nous sommes une start-up.

C'EST BIEN SÛR LE MODE DE DÉPLACEMENT DE PRÉDILECTION DES MAGICAL GIRLS.
IL PEUT ÊTRE PERSONNALISÉ EN TÉLÉCHARGEANT LES LOGICIELS APPROPRIÉS.
ON POURRAIT PRESQUE DIRE QUE C'EST L'ÉQUIVALENT D'UN ORDINATEUR OU D'UN SMARTPHONE POUR LES PERSONNES ORDINAIRES.
IL NE SERA PAS TROP TARD...
... POUR REFUSER LE POSTE APRÈS AVOIR ESSAYÉ AU MOINS UNE FOIS...

... TU DOIS COMMENCER PAR EXPÉRIMENTER NOTRE TRAVAIL.
TU VAS APPRENDRE À UTILISER ÇA, DÉJÀ !
C'EST UN BALAI ?!
OUI !
C'EST UN INSTRUMENT MAGIQUE DE DÉPLACEMENT, COURAMMENT APPELÉ "BALAI".
C'EST L'OUTIL MAGIQUE QUI EST À LA BASE DE TOUT.

PARDON POUR TOUTE CETTE AGITATION.
TU ES LA BIENVENUE CHEZ MAGILLUMIÈRE COMPANY LIMITED !
AH...
EUH...
MAIS...
C'EST DIFFICILE DE RÉSISTER AUX SOURIRES ET À LA GENTILLESSE...
CEPENDANT, JE NE PEUX PAS ME PERMETTRE DE PERDRE MON TEMPS ALORS QUE JE SUIS CENSÉE CHERCHER UN TRAVAIL...
SI TU VEUX ENTRER DANS NOTRE SOCIÉTÉ...
EUH... JE...

A...
ATTENDS, ATTENDS, ATTENDS, ATTENDS...
C'EST QUOI, C'EST DEUX PERSONNES... HAUTES EN COULEUR...?
SBOOOM
ズーン
UN PATRON EN COSPLAY DE MAGICAL GIRL, PLUS UN TYPE QUI REFUSE DE VOUS REGARDER DANS LES YEUX POUR RESTER COLLÉ À SON ORDI ? UN HACKER, PEUT-ÊTRE ?
ET TOUT LE MONDE A L'AIR DE TROUVER ÇA NORMAL... IL NE SERAIT PAS UN PEU CRAIGNOS, CET ENDROIT...?
NE ME SERAIS-JE PAS JETÉE UN PEU TROP VITE À CORPS PERDU SUR L'OCCASION...
... À CAUSE DE L'EXCITATION RESSENTIE TOUT À L'HEURE...?
JE DEVRAIS PEUT-ÊTRE DÉCLINER L'OFFRE RAPIDEMENT...
SAKURAGI...
Planning prévisionnel

BROOOM
... AUSSI...
PSST
PSST
PSST
PSST
AH, JE N'AVAIS PAS VU QU'IL ÉTAIT LÀ !
TOUT LE MONDE EST LÀ, DU COUP !
DÉSOLÉ, IL EST EN MODE CONCENTRÉ, LÀ.
ON REMET ÇA À PLUS TARD. ON SERA DANS LA SALLE DE CONTRÔLE.
FRSH
FRSH
AH, JE VOUS EN PRIE ! ELLE EST LIBRE...
BATAM

PATRON !
わーい
OUAAAIS !
PATRON ?
COSPLAY ?
QUOI ?
HOMME D'ÂGE MÛR ?
TU N'AS PAS PERDU DE TEMPS POUR NOUS TROUVER QUELQU'UN.
Bien joué !
BAH, FRANCHEMENT, C'ÉTAIT PAS COMPLIQUÉ !
C'EST MOI QUI L'AI ENVOYÉE VERS LE LIEU D'INTERVENTION OÙ IL Y AVAIT DE JEUNES DIPLÔMÉS EN TRAIN DE PASSER DES ENTRETIENS, PATRON. MOI !
PERSONNE...
... NE TROUVE ÇA BIZARRE !
BABLAM
ズガガン
NIKOYAMA, VIENS DIRE BONJOUR, TOI...

CHAPITRE 2 — VOLER SUR UN BALAI ? SIMPLE COMME BONJOUR !

CHAPITRE 2 ✦ VOLER SUR UN BALAI ? SIMPLE COMME BONJOUR !

Si aucune demande d'intervention n'était parvenue chez Magilumière...

JE TE SOUHAITE LA BIENVENUE...
... CHEZ MAGILLUMIÈRE.
GNH

KOSHIGAYA A AMENÉ UNE JEUNE FEMME EN RECHERCHE D'EMPLOI...
KOSHIGAYA, ÇA N'A PAS EU L'AIR FACILE, CETTE INTERVENTION...
TU PARLES ! SIMPLE COMME BONJOUR !
C'EST TOI QUI ES À LA RECHERCHE D'UN EMPLOI ?
ENCHANTÉ.
JE SUIS SHIGEMOTO, LE PATRON.
...
HEIN...?

C'EST COMPLÈTEMENT DIFFÉRENT DES GRANDES ENTREPRISES DANS LESQUELLES JE ME SUIS RENDUE JUSQU'À PRÉSENT.
ILS PARLENT NORMALEMENT, SANS FAUX-SEMBLANTS...
ON DIRAIT PRESQUE L'AMBIANCE QU'IL Y AVAIT ENTRE ÉLÈVES, AU LYCÉE...
MAIS ÇA TOMBE PEUT-ÊTRE BIEN, JUSTEMENT.
NIKOYAMA ET LE PATRON VIENNENT DE RENTRER.
OH ! ELLE VA POUVOIR RENCONTRER TOUT LE MONDE, ALORS.
ON A DE LA VISITE, MIDORIKAWA ?
AH ! PATRON !!
HELLO, PATRON...

C'EST UNE JEUNE FEMME FRAÎCHEMENT DIPLÔMÉE DE L'UNIVERSITÉ ET QUI SOUHAITE ENTRER CHEZ NOUS.
SWAP
SERVE
BALAI
HEEEIN ?!
ÇA CHANGE RIEN, C'ÉTAIT QU'UNE INCONNUE QUAND MÊME !
BOUUUH
T'ES RELOU, C'EST JUSTE UN DÉTAIL.
JE ME TROUVE...
... AU SIÈGE D'UNE SOCIÉTÉ DE MAGICAL GIRLS...

LUMIERE CO. LTD.
ME REVOILÀÀÀ !
CLAC
ガッ
タッ
KOSHIGAYA !
DEMANDER À UNE ÉTRANGÈRE DE T'AIDER DANS CES CIRCONS-TANCES, C'ÉTAIT...
MIDORIKAWA...
CE N'EST PAS UNE ÉTRANGÈRE.
HEIN...?

JE VOUS AI...
... BIEN...
... ÉTÉ UTILE...?
FIOUH
よいしょ
OUI, TU M'AS ÉTÉ TRÈS UTILE.
TU M'AS BIEN AIDÉE.
TU AS ÉTÉ BRILLANTE, PRINCESSE.

... EST...
... TERMINÉ !!
SBAH
FWAP
OUAH !
ÇA VA ?!
JE...

ZYUOOOO
COM-PRESSION, FORMAT WIT !!
OOOH
PSHHHHH
LE TRAVAIL...

KIIIIINH
PSHIIT
JE VOIS
LE COEUR !
SHLING

BIIIP
BIIIP
Tu peux tirer !
Rechargement complet
LE RECHARGEMENT EST TERMINE !
OKAAAY !
MODÈLE 25 : 5 COUPS À L'UNITÉ !
PUISSANCE CONSERVÉE, AVEC MAINTIEN DE LA ROTATION !
VRIIIH
EXÉCUTION DE LA TÂCHE !

... CONSISTE À TE PROTÉGER, QUOI QU'IL ARRIVE !
Y a pas à tortiller : pour faire une pyramide...
... il faut un sort de stabilisation...

SBAH
BAH
BAH
MON TRAVAIL...
GNH

TAP
ctuer le changem
Oui
J'AI FAIT LE CHANGEMENT DE TYPE DE MUNITIONS.
LE RECHARGEMENT EST LANCÉ !
FRÔÔH
O.K. !
IL FAUT TENIR ENCORE 10 SECONDES.
ÔH
ÔÔH
10 SECONDES ...?
10 SECONDES, ÇA FAIT PAS BEAUCOUP ?!
SI C'EST PAS PRÊT À TEMPS...
ÔH
SCRITCH
SCRITCH
SCRITCH
FLASH
T'INQUIÈTE DONC PAS !

À SON SERVICE ?!
DAH
DAH
...!
OUI !
DAH
DAH
DANS CE CAS, RECHARGE 100 MUNITIONS ANTI-MONSTRES FIXES...
... AVEC CAPACITÉ DE PROLIFÉRATION, S'IL TE PLAÎT !
BAM BAM
BAM BAM
ENTENDU !
CLIC
CLIC

OUI...?!
PRINCESSE...
JE SAIS DÉJÀ QUE JE VAIS ME FAIRE PASSER UN SAVON...
... POUR AVOIR DEMANDÉ À UNE PERSONNE QUI N'EST PAS DE LA PROFESSION DE M'AVOIR AIDÉE, MAIS...
... SI JE TE PROMETS DE TE PROTÉGER, QUITTE À Y RESTER...
... TU VEUX BIEN METTRE CETTE FANTASTIQUE MÉMOIRE QUE TU POSSÈDES À MON SERVICE ?

L'APPLI DE GESTION MAGIQUE "COMPTEUSE DE MUNITIONS"...
... A ÉTÉ CRÉÉE EN 2020 PAR LA SOCIÉTÉ MAYASOFT.
SA PRINCIPALE PARTICULARITÉ EST DE PERMETTRE LE CHANGEMENT DE MAGIE EN UN SEUL GESTE.
J'AI ASSISTÉ À UNE DÉMONSTRATION SUR LES OPÉRATIONS LES PLUS SIMPLES.
J'AI APPRIS À M'EN SERVIR LORS D'UNE RÉUNION D'INFORMATION POUR CEUX QUI SOUHAITAIENT POSTULER DANS LA SOCIÉTÉ QUI A CRÉÉ CETTE APPLICATION.
J'AI UNE EXCELLENTE MÉMOIRE. C'EST MA SEULE QUALITÉ, D'AILLEURS.
MAGILUMIÈRE

BAM BAM BAM BAM
EX... EXCUSEZ-MOI !
VOULEZ-VOUS QUE JE LANCE LE RECHARGEMENT EN CHANGEANT LE TYPE DE MUNITIONS ?!
JE LE SAVAIS. CET INSTRUMENT DE MAGIE EST VRAIMENT MERDIQUE...
Plus jamais je m'en servirai...
NON, NE DIS PAS N'IMPORTE QUOI.
JE NE SAIS MÊME PAS COMMENT ON CHANGE LE TYPE DE MUNITIONS.
MAIS...
... MOI...
... JE SAIS...

EUH... MADAME LA MAGICAL GIRL...?
QU'EST-CE QU'IL Y A ? UN PROBLÈME ?
Type : CB7-V
Recharger
CE N'EST QU'UNE HYPOTHÈSE, MAIS...
... VOUS NE VOUS SERIEZ PAS TROMPÉE DANS LE TYPE DE MUNITIONS, PAR HASARD...?
SUR LE TERMINAL, LE TYPE DE MUNITIONS AFFICHÉ EST CENSÉ SERVIR CONTRE LES MONSTRES RAPIDES...
... MAIS... CE MONSTRE NE BOUGE PAS DU TOUT...
ÇA NE CORRESPONDRAIT PAS AUX PARAMÈTRES DE MUNITIONS D'UN TRAVAIL PRÉCÉDENT...?
GRÔÔÔH
...
SBAH

FROOOOH
OOOH
QU'EST-CE QUI SE PASSE...?
IL EST SUPER RÉSISTANT...
JE SUIS DÉSOLÉE...
... MAIS ÇA RISQUE DE DURER UN MOMENT. SURVEILLE BIEN LES MUNITIONS.
OUI !
Type : CB7—V
Recharger
Paramètres
Anti-vitesse
Mode rafale
Recharger
Paramètres
Anti-vitesse
Mode rafale

SCRIIH SCRIIH
SCRIIH SCRIIH
FRÔÔÔH!
CRIIH
FRÔÔÔÔÔH!
BI-BI-BI-BI-BI!
MAGILUMIÈRE
MUNITIONS
Type : CB7-V
153/30
Recharger
Paramètres
Anti-vitesse
Mode rafale

EXÉCUTION...
... DE LA TÂCHE !
BAM
ダン
BAM
ダン
BAM
ダーン
PAH
PAH

FRÔÔÔÔH
BATAM !
FRÔÔH
GNH !
RAFALE DE MAGIE, MODÈLE 25.
COUP À L'UNITÉ : 1, COUPS MULTIPLES : 5.
PUISSANCE DE 120 POUR LE COUP À L'UNITÉ, ET DE 50 À 70 POUR LES MULTIPLES DE 5, AVEC ROTATION.

KIIIIH
ギギィィィィィ
CRÂC
MERDE...!
CRÂC
LA PORTE EST GELÉE !
FROÔÔÔH
SCRITCH
CRÂC

JE VOUDRAIS QUE TU SURVEILLES LE NOMBRE DE MUNITIONS RESTANTES.
MAGILUMIÈRE
QUAND LE NOMBRE TOMBERA AUX ALENTOURS DE 50...
... TU AURAS JUSTE À APPUYER SUR LE BOUTON DE RECHARGEMENT.
LA COMPTEUSE DE MUNITIONS
Type : CB7－V
Recharger
300
300
Paramètres
JE TE PROMETS DE TE PROTÉGER.
TON AIDE ME SERA TRÈS UTILE.

JE VOUDRAIS ANNULER MA DEMANDE D'EMBAUCHE...
CE N'EST PAS COMME Si J'AVAIS SPÉCiALEMENT ENVIE DE TRAVAILLER iCi, DE TOUTE FAÇON...
QU'EST-CE JE DOIS FAIRE ?
TOC
TOC
REJETER UNE GRANDE SOCiÉTÉ FiNANCiÈRE...
J'AVAiS BIEN ENTENDU DIRE QUE LES JEUNES D'AUJOURD'HUi NE FAiSAiENT AU-CUN PLAN POUR CONSTRUIRE LEUR AVENIR...
Elle est effrayante, cette petite...
JE VAiS ENTRER DANS LA PiÈCE.

JE VEUX BIEN...
... VOUS AIDER... MOI...
SÉRIEUX ?!
TU ME SAUVES LA VIE, T'IMAGINES MÊME PAS !!
TU... TU ES SÛRE...?!
CE N'EST PAS UN TEST D'ENTRÉE.
J'ESPÈRE QUE TU COMPRENDS QUE ÇA NE CHANGERA RIEN À NOTRE ÉVALUATION, POUR TON ENTRETIEN D'EMBAUCHE.
AH ! EUH...

IL SUFFIRAIT D'UNE PERSONNE !
J'AI BESOIN QUE QUELQU'UN M'AIDE EN RECHARGEANT LES MUNITIONS...
... QUAND J'EN DONNERAI LE SIGNAL !
QUOI ?
VOUS DEMANDEZ À VOTRE CLIENT DE FAIRE VOTRE TRAVAIL, AUTREMENT DIT ? IMPENSABLE !
VOUS NOUS FERIEZ UNE DÉDUCTION SUR LES FRAIS D'EXTERMINATION, POUR L'AIDE APPORTÉE ?
ÇA PEUT ATTENDRE PLUS TARD, TOUT ÇA.
CET IMMEUBLE VA SE TRANSFORMER EN MONTAGNE DE GLACE, SI ON SE BOUGE PAS UN PEU LE DARGEOT !
NOUS NE POUVONS PAS RÉAFFECTER UN MEMBRE DU PERSONNEL SANS L'ACCORD DE LA SOCIÉTÉ.
SI C'EST UN TRAVAIL QUI DEMANDE DES EFFORTS, IL FAUT S'ADRESSER À L'ÉQUIPE DE VENTE, OU BIEN...
BANDE DE CRÉTINS ! C'EST VRAIMENT PAS LE MOM...
EXCUSEZ-MOI...

QUELQU'UN SERAIT-IL PRÊT À ME VENIR EN AIDE ?
HEIN ?!
ET PUIS QUOI, ENCORE ?
QUOI ?!
JE VAIS UTILISER UNE SÉRIE DE SORTS DE FAIBLE PUISSANCE...
... MAIS JE DOIS EN UTILISER UNE GRANDE QUANTITÉ, POUR ÉVITER QU'IL NE CONTRE-ATTAQUE.

TAC カタ
TAC カタ
... MAIS PERSONNE NE PEUT VENIR AVANT UNE DEMI-HEURE, AU PLUS TÔT.
JE NE PEUX RIEN FAIRE POUR TOI, EN ATTENDANT.
TAC カタ
SI JE LUI BALANÇAIS UN ÉNORME COUP DANS LA TRONCHE, ÇA LE FERAIT CALANCHER...
... MAIS ÇA FERAIT VOLER TOUTE LA PIÈCE AVEC.
SI J'UTILISE UNE SÉRIE DE SORTS PLUS RESTREINTS...
... JE SUIS CERTAINE D'ARRIVER À COURT DE MUNITIONS AVANT D'EN ARRIVER À BOUT.
ZYEUTE チラ
タッ TAP

JE VAIS ÊTRE OBLIGÉE D'AGIR QUAND MÊME.
SHAH
CHEF, ON VA SE FAIRE VIRER, VOUS CROYEZ ?
NON, CE N'EST PAS NOUS QUI SOMMES CHARGÉS DE L'ENTRETIEN...
MAIS NOUS AVONS UTILISÉ LA PIÈCE EN AYANT CONSCIENCE QUE...
CHUT !
CEUX QUI SONT VENUS PASSER LEUR ENTRETIEN SONT JUSTE LÀ !
QUE DOIS-JE FAIRE...?
IL Y A EU TROMPERIE AU MOMENT DE LA DEMANDE D'INTERVENTION, MAIS POUR QUE ÇA EN ARRIVE LÀ...
ET MERDE ! JE CROIS QUE C'EST VRAIMENT TROP POUR MOI SEULE...
MIDORIKAWA, EST-CE QUE TU AS ENTENDU ?
TAC TAC
OUI. J'AI TOUT ENTENDU. JE SUIS EN TRAIN DE CHERCHER UNE SOCIÉTÉ QUI POURRAIT NOUS PRÊTER MAIN-FORTE...

C'EST IMPOSSIBLE.
ON M'A INFORMÉE QU'IL VENAIT D'APPARAÎTRE AUJOURD'HUI...
... MAIS VU SA TAILLE AVANCÉE, IL FAUDRAIT AU MOINS ÊTRE DEUX POUR S'EN DÉBARRASSER SANS PRENDRE DE RISQUES !
LES ENTREPRISES ONT LE DEVOIR D'EFFECTUER UNE INSPECTION SUR LES TAUX D'ANOMALIES...
EROÔÔÔOH !
SCRIH
SCRIH
SCRIH

CRAC
ピキ
CRAC
ピキ
FRSHOUUU
ゴゴゴゴ
iL EST ÉNORME...
HI
ビクッ
HO !
OU... OUi ?!!
JE NE VOIS PAS CE QUE ÇA A À VOIR ICI.
NOUS N'AVONS PAS QUE ÇA À FAIRE. DÉPÊCHEZ-VOUS DE L'EXTERMINER !
SHOUP
ずいっ
iL EST LÀ DEPUIS COMBIEN DE TEMPS, CE MONSTRE ?!
QUOi ?!
EUH... C'EST-À-DIRE...

ESSAYEZ DE NE PAS VOUS FAIRE REMARQUER, JE VOUS PRIE...
IL FAIT PAS UN PEU FRISQUET, CHEZ VOUS ?
QU'EST-CE QU'IL DÉGOISE, LUI ?! C'EST PAS LE MOMENT DE TERGIVERSER !
DÉ-GOISE ?
C'EST À CAUSE DE CE MONSTRE REFROIDIS-SANT...
OUAIS, MAIS QUAND MÊME, NAN...?
BON, J'VAIS VOIR LE BESTIAU, DÉJÀ.
PSHHHHHH
QUE...?
IL...

SBRÔÔH
OUAAH
CRIIIIH
ME VOILÀ !
TAC

FROOOH
シュゴォ
OUAH !
L'AIR FROID COMMENCE À PERCER.
* TOUT LE MONDE S'EST RÉFUGIÉ À L'EXTÉRIEUR DE LA SALLE DE RÉUNION.
OUAAAH
ワァァァァ
ÇA VA ÊTRE PROBLÉMATIQUE, SI TOUT L'ÉTAGE SE RETROUVE GELÉ.
JE LE SAIS BIEN !
UNE MAGICAL GIRL DEVRAIT ARRIVER TOUT DE...

HITOMI KOSHIGAYA, MAGICAL GIRL DE LA COMPAGNIE MAGILLUMIÈRE...
... PRÊTE À INTERVENIR !
BROOH
C'EST PAS TRÈS LOIN D'ICI.
C'EST UN MONSTRE REFROIDISSANT...
JE VOIS...
GNH
SIMPLE COMME BONJOUR !

SWOOSH
FOUAP
FWIT
FLOUM
DANS CE MONDE FLOTTANT OÙ IL EXISTE TANT DE MÉTIERS...
... J'AI CHOISI UN CHEMIN SEMÉ D'ÉPINES...
... QUE SEUL MAGILLUMIÈRE PEUT DÉBROUS-SAILLER...

SBROUF
VROUUU
キュルルルル
SBAAAHH
PSHIIT

BAM
FRRROH
CONNEXION AU SYSTÈME !
ACTIVATION DU PRO-GRAMME C !
CARTE PROFESSIONNELLE
MAGICAL GIRL
HITOMI KOSHIGAYA
MAGILUMIERE COMPANY LIMITED

ON S'EN OCCUPE, COMPTEZ SUR NOUS !
JE VOUS ENVOIE UNE MAGICAL GIRL SUR-LE-CHAMP !
KOSHIGAYA !
JE VAIS ME TRANSFORMER.
ENVOIE-MOI TOUTES LES INFORMATIONS, ENTRE-TEMPS.
BAM
POUR LE BALAI, PRENDS-EN UN VIEUX.
ENTENDU !
CLANG !
CLANG !
CLANG !
CLANG !

CLAC
ガ
チャ
ALLÔ ?!
J'AI VU SUR VOTRE SITE QUE VOUS VOUS DÉPLACIEZ IMMÉDIATEMENT ?!
OUI, MAGILUMIÈRE À VOTRE SERVICE !
J'AURAIS BESOIN D'UNE EXTERMINATION POUR TOUT DE SUITE...
15 minutes avant extermination, dans les cas les plus brefs*
• Rapide !!
• Efficace !!
• Personnel qualifié !
N'HÉSITEZ PAS À PRENDRE CONTAC

MIDORIKAWA...
OUI ?
BALAIS MAGIQUES CUSTOMISÉS
TU NE VAS PAS PROSPECTER DE NOUVEAUX CLIENTS ?
LE PATRON EST ABSENT.
JE DOIS RESTER LÀ POUR RÉAGIR AUX DEMANDES ÉVENTUELLES.
ET TU FAIS QUOI, LÀ...?
UN CHÂTEAU AVEC DES CARTES DE VISITE.
T'AS VRAIMENT RIEN À FAIRE, QUOI.
TU VEUX QUE JE JETTE UN SORT DE STABILISATION ?
ÇA N'AURAIT PLUS DE SENS...
TÛÛÛÛT
ILILIL

C'EST UN MOOOONSTRE !!!
CLANG
OUAAAAH
BLANG
OÙ EST-CE QUE TU TE SAUVES, COMME ÇA ?
DÉPÊCHE-TOI DE FAIRE VENIR UNE MAGICAL GIRL !
GRAB
MAI... MAI... MAIS...
OÙ... OÙ... OÙ EST-CE QUE JE DOIS APPELER ?
TROUVE UNE ENTREPRISE RAPIDE, PAS CHÈRE ET QUI NE CRÉE PAS D'HISTOIRES !!

SBAOUM
FSHHH
FSHHH
QU'EST-CE QUE...?
PFFH...
ON EST BONS POUR ÉCRIRE UN RAPPORT D'INCIDENT.

...
ÇA CAILLE...!!
GLAGLA
ガタ
GLAGLA
ガタ
GLAGLA
ガタ
GLAGLA
ガタ
C'EST QUOI, CET ENDROIT ? IL FAIT ENCORE PLUS FROID QUE DEHORS !
Il y a du givre sur la table...
PASSONS À LA PERSONNE SUIVANTE.
QUELLES SONT VOS MOTIVATIONS ?
L'ENTRETIEN CONTINUE COMME SI DE RIEN N'ÉTAIT, ALORS QU'ON EST TOUS LÀ À PRODUIRE DES NUAGES DE VAPEUR BLANCHE...
MÊME SI J'ÉTAIS ACCEPTÉE, JE SERAIS CONTRAINTE DE DÉMISSIONNER À CAUSE DE LA DIFFÉRENCE DE TEMPÉRATURE RESSENTIE.
EUH...
CRAC

HMM...
J'AI PEUT-ÊTRE TORT DE METTRE QUE JE FAIS DES EFFORTS, DANS MA PRÉSENTATION.
MAIS JE NE PEUX PAS FAIRE DES RATURES, NON PLUS...
う〜... OUUGH
HA !
C'EST DÉJÀ L'HEURE !
ENOKIZU FINANCES
ENTRETIENS D'EMBAUCHE
GLAGLA ガタ
ガタ GLAGLA

NIIH
... ÇA COÛTE RELATIVEMENT CHER...
... ET IL PARAÎT QU'ON NE LA FAIT PAS POUR LES SALLES QUI NE SONT PAS SOUVENT UTILISÉES.
QUOI ?!
MAIS, ÇA CRAINT, NON ?
S'IL Y A UN MONSTRE QUI APPARAÎT...
NE T'EN FAIS PAS... IL N'Y A PAS DE RAISON.
MAIS J'ESPÈRE PAS, PARCE QUE QUAND LES MONSTRES SONT LÀ, C'EST COTON POUR S'EN DÉBARRASSER...
FYOUUUH
C'EST VRAI QU'IL FAIT VRAIMENT FROID, LÀ-DEDANS !
QUELQU'UN N'AURAIT PAS MIS LA CLIM EN ROUTE, PAR HASARD ?
JE VOUS L'AVAIS DIT, ÇA CRAINT...
MAIS NON, VOYONS. C'EST EXPOSÉ AU NORD, C'EST TOUT...
ON VA ALLUMER LE CHAUFFAGE À FOND ET ALLER SE PRENDRE UN PETIT CAFÉ.
BATAM
CRRIH

ENOKIZU
TU AS ALLUMÉ LE CHAUFFAGE, DANS LA SALLE DES ENTRETIENS D'EMBAUCHE ?
NON, PAS ENCORE.
ENOKIZU FINANCES
ALLONS-Y. CETTE PIÈCE EST TOUJOURS FROIDE.
JE ME DEMANDE POURQUOI C'EST LE SEUL ENDROIT OÙ IL FAIT SI FROID...
J'SAIS PAS... ON OCCUPE BEAUCOUP DE PIÈCES. C'EST POSSIBLE QUE NOTRE SOCIÉTÉ NE LES ENTRETIENNE PAS TOUTES.
DE QUEL ENTRETIEN PARLEZ-VOUS...?
DE L'INSPECTION SUR LES TAUX D'ANOMALIES, PAR EXEMPLE.
BIP
GNIIIH
ELLE DOIT ÊTRE RÉALISÉE TOUS LES ANS, MAIS...

チラ
ZYEUTE
ÇA NE SERT À RIEN DE M'APITOYER SUR MON SORT.
JE NE SUIS PLUS ÉTUDIANTE.
JE DOIS ENTRER DANS LA "VIE ACTIVE".
MERCI INFINIMENT !!!
J'AI UN ENTRETIEN DANS UNE SOCIÉTÉ FINANCIÈRE, ENSUITE...
JE VAIS RÉVISER MA PRÉSEN-TATION.

Cookie
au chocolat
(offert)
MERCI
INFINIMENT
!!!
J'AIME
RENDRE SERVICE
AUX GENS.
MAIS JE NE SAIS PAS
COMMENT JE POURRAIS
METTRE ÇA EN AVANT.

LA PREMIÈRE PERSONNE A DEMANDÉ UN GRAND MOKA AVEC PÉPITES ET CRÈME, AVEC DU LAIT DE SOJA.
POUR LA PERSONNE SUIVANTE, C'EST UN MACCHIATO GLACÉ AU CARAMEL, AVEC EN SUPPLÉMENT DE LA SAUCE AU CHOCOLAT.
LA DERNIÈRE PERSONNE VEUT UNE PETITE CRÈME GLACÉE À LA BANANE, AVEC EN SUPPLÉMENT DE LA SAUCE AU CARAMEL.
C'EST ÇA !
POUR MOI AUSSI.
EUH... MERCI... MERCI BEAUCOUP.
Vous...
Vous pouvez répéter ?
JE VOUS EN PRIE...

CE SONT TROIS NOMS DE BOISSONS DIFFÉRENTES. TU NE TE SOUVIENS PAS DES COMMANDES ?
TU AS DÛ TOUT MÉLANGER À CAUSE DE L'AFFLUENCE...
JE NE M'EN SOUVIENS PAS. JE N'AI RETENU QUE LES DÉTAILS...!
ON VA ÊTRE OBLIGÉS DE REDEMANDER AUX CLIENTS CE QU'ILS ONT COMMANDÉ...
EUH... EXCUSEZ-MOI...
VOUS AVEZ BESOIN DES COMMANDES DES TROIS DERNIÈRES PERSONNES ?
J'AI TOUT ENTENDU, JE PEUX VOUS LES REDIRE...
... SI VOUS LE SOUHAITEZ.

IL L'A JUSTE ÉVOQUÉ EN PASSANT, IL Y A QUELQUES JOURS, DANS UN ARTICLE...
... PARU DANS UN JOURNAL INDIEN LOCAL.
ÇA VOUDRAIT DIRE QU'ELLE SERAIT ALLÉE JUSQU'À TRADUIRE ET LIRE UN TRUC PAREIL...
HMHM...
ELLE N'A PAS MENTI SUR LE FAIT QU'ELLE FAISAIT DES EFFORTS, EN TOUT CAS.
PEUT-ÊTRE, MAIS ON FRISE LA PATHOLOGIE, LÀ.
HAHA HA ! わはは
LA BOISSON AU NOM À RALLONGE
MOKA PEPITES JAPAN CRÈME SHANGRI-LA SOJA SPÉCIAL LAIT PROTÉINE
FRUITS COFFEE
J'AI UN PEU DE TEMPS AVANT MON PROCHAIN ENTRETIEN...
... ALORS JE VAIS ME CONSOLER AVEC QUELQUE CHOSE DE SUCRÉ...
UNE PETITE CRÈME GLACÉE À LA BANANE GLACÉE, AVEC SAUCE CARAMEL.
QUOI ?! QU'EST-CE QUE TU ME RACONTES ?

MURAOKA BUSINESS ET ATTITUDE
PFFFH...
PAF ぱん
ぱん PAF
J'AVAIS POURTANT FAIT TOUTES LES RECHERCHES NÉCESSAIRES...
C'EST PAS COMME ÇA QUE JE VAIS SERVIR À QUELQUE CHOSE.
J'AI ÉTÉ IMPRESSIONNÉ, TOUT DE MÊME, QUAND ELLE A PARLÉ DU PARC D'ATTRACTIONS.
POURQUOI ALLER INVENTER UN TRUC PAREIL ?
Faut pas charrier...
AH, MAIS C'EST UN PROJET...
... DONT LE PRÉSIDENT A VRAIMENT PARLÉ, APPAREMMENT.
AH BON ? JE NE SUIS PAS AU COURANT, MOI.

ENCORE RATÉ...
C'EST LA 15e SOCIÉTÉ...
TAC
OUAH!
SBLAF
SBLAF
SBLAF
LES RAISONS DE LA RÉUSSITE DE MURAOKA
LES RAISONS DE LA RÉUSSITE DE MURAOKA
UN SALARIÉ DE CHEZ MURAOKA DÉVOILE TOUT
LES MEILLEURES MÉTHODES

... C'EST BIEN D'AVOIR FAIT DES RECHERCHES...
... MAIS N'AURIEZ-VOUS PAS QUELQUE CHOSE QUI VIENNE PLUS... DE VOUS, À NOUS PROPOSER ?
ET DE COMMERCE
HIRONO ÉDITIONS
CONSTRUCTIONS OKITA
SFRIH !
(S.A.) MURAOKA
ENOKIZU FINANCES
MURAOKA

COMME VOUS LE SAVEZ, NOTRE ENTREPRISE TRAVAILLE DANS LE DOMAINE DU DIVERTISSEMENT.
SELON VOUS, QU'ÊTES-VOUS EN MESURE D'APPORTER À NOTRE ENTREPRISE ?
OUI !
EUH... HA !
JE SAIS QUE VOUS PLANIFIEZ L'OUVERTURE D'UN PARC D'ATTRACTIONS EN INDE...
... ET JE PENSE ÊTRE À MÊME DE RÉUNIR LES INFORMATIONS NÉCESSAIRES SUR LA SOCIÉTÉ INDIENNE.
PAR EXEMPLE, JE SAIS QUE LES PARCS D'ATTRACTIONS MARCHENT BIEN DANS LE PAYS DEPUIS LE DÉBUT DE CE SIÈCLE...
EN REVANCHE, LES REVENUS SONT LIMITÉS À LA BILLETTERIE EN RAISON DU COÛT DE LA VIE, ET IL EST ÉGALEMENT IMPORTANT DE PRENDRE EN COMPTE LES ASPECTS RELIGIEUX.
Un parc d'attractions ?
J'suis pas au courant.
EUH... MADEMOISELLE SAKURAGI...

MES POINTS FORTS SONT MA CAPACITÉ À FOURNIR DES EFFORTS...
... À TOUJOURS ÊTRE BIEN PRÉPARÉE ET À FAIRE LES RECHERCHES NÉCESSAIRES AVANT D'ENTREPRENDRE QUELQUE CHOSE.
J'AGIS DE TELLE SORTE QUE JE PUISSE RÉAGIR À TOUTES LES SITUATIONS QUI SE PRÉSENTENT À MOI.

LAISSE-MOI RÉFLÉCHIR...
HMM...
UNE FILLE DÉVOUÉE, J'IMAGINE.
QUI A CE QU'IL FAUT POUR POUVOIR TRAVAILLER DANS UNE PETITE START-UP COMME LA NÔTRE...
MURAOKA
MAGILUMIÈRE CO. LTD.
JE M'APPELLE KANA SAKURAGI.

EN VOYANT L'EXTERMINATION DE TOUT À L'HEURE...
... IL A DIT QU'IL SE SENTAIT COUPABLE DE TE METTRE DANS DE TELLES SITUATIONS.
LE PATRON A DIT ÇA...?
TU LE CONNAIS AUSSI BIEN QUE MOI.
TU SAIS QU'IL NE RECULE DEVANT RIEN, QUAND IL S'AGIT DE MAGICAL GIRLS...
FOUAAAH
UNE NOUVELLE... JE VOIS...
QUEL TYPE DE COLLÈGUE VOUDRAIS-TU AVOIR ?

C'EST VRAI...
... QU'ON T'EN DEMANDE BEAUCOUP ET QU'ON TE FAIT COURIR DES RISQUES.
ET JUSTEMENT...
... J'EN AI PARLÉ AVEC LE PATRON, TOUT À L'HEURE...
... ET IL A DÉCIDÉ DE RECRUTER UNE JEUNE DIPLÔMÉE POUR LA FORMER EN TANT QUE MAGICAL GIRL !
...
HEIN...?

... EST LE TERME GÉNÉRIQUE QUI DÉSIGNE LES EMPLOYÉES TRAVAILLANT POUR DES ENTREPRISES SPÉCIALISÉES DANS L'EXTERMINATION DES MONSTRES.
LES "MONSTRES", QUI APPARAISSENT DE FAÇON SPONTANÉE, CONSTITUENT UN PHÉNOMÈNE RELEVANT DES CATASTROPHES NATURELLES.
LE RETOUR AU CALME ET L'ASSISTANCE AUX PERSONNES EN DANGER SONT LES PRINCIPAUX SERVICES RENDUS PAR LES SOCIÉTÉS DE MAGICAL GIRLS.
PLUS DE 500 ENTREPRISES SPÉCIALISÉES SONT EN ACTIVITÉ, DES GROS CONGLOMÉRATS AUX PLUS PETITES ENTITÉS.
L'AUGMENTATION DU NOMBRE DE CES SOCIÉTÉS COÏNCIDE AVEC LA PROGRESSION CONTINUE DES APPARITIONS DE MONSTRES, QUI NE FONT QUE CROÎTRE D'ANNÉE EN ANNÉE.
MAGI
WIZARD G llc.
MAGICAL GIRL WITCH
Witch
LA FABRIQUE DE MAGIE
魔工場
Un service en toute sécurité
MAGICAL GIRL LOCALES
Tel : 012345353

KOSHIGAYA...
... TU NE PEUX PAS UTILISER DES MOTOS !
MAIS PUISQUE JE TE DIS QUE MON BALAI S'EST FAIT BOUFFER !
CE N'EST PAS UNE RAISON POUR IMPLIQUER DES PASSANTS DANS L'EXERCICE DE TON TRAVAIL.
Deux paquets de gâteaux...
LES GÂTEAUX QUE J'APPORTE À CHAQUE FOIS EN DÉDOMMAGEMENT NE SONT PAS DONNÉS, TU SAIS.
JE M'EN TAMPONNE ! ET PUIS, CE NOUVEL OUTIL MAGIQUE EST VRAIMENT SUPER DUR À UTILISER !
JE VAIS ENVOYER UNE ATTAQUE SPÉCIALE DANS LA TRONCHE DE CEUX QUI L'ONT DÉVELOPPÉ, TU VAS VOIR !
BLAM
ARRÊTE... N'OUBLIE PAS QUE TU ES UNE MAGICAL GIRL...
“MAGICAL GIRL”...

ギャリリリリ
SCRIIII
PSHHH
KYUH !
TRAVAIL...
... TERMINÉ !
株式会社マジルミエ
* MAGILLUMIÈRE CO. LTD.

COMPRES-SION !
FORMAT WIT !
SHLING
SFRÔÔÔÔ

EXÉCUTION DE LA TÂCHE !
BOUM
TAP
FRÔÔÔ

SWIP
PARFAIT ! C'EST LA BONNE DISTANCE !
MAGIE À COURTE DISTANCE, EXTRACTION DU MODÈLE 5 !
APPLICATION UNIQUE, POUR UNE PUISSANCE DE 150 !
DE B5 À AH208 !
SBAH

NOUS SOMMES DÉJÀ À PLEINE VITESSE !
DÉPÊCHEZ-VOUS DE L'EXTERMINER, S'IL VOUS PLAÎT !
VOUS ÊTES BIEN UNE MAGICAL GIRL, NON ?!
GROÔÔÔÔOH
JE ME SUIS DÉJÀ EXCUSÉE ET J'Y SUIS POUR RIEN S'IL A BOUFFÉ MON BALAI, CE CON...
JE VOUS PROMETS QUE MA SOCIÉTÉ VOUS DÉDOMMAGERA POUR VOTRE AIDE.
ÔÔÔÔÔ
COMMENCEZ PAR NOUS DÉBARRASSER DE LUI, SI VOUS VOULEZ BIEN. ON VERRA APRÈS POUR LES EXCUSES.
SWOOH !!

GRÔÔÔH
... ON VA SE FAIRE BOUFFER !

*: SHINAGAWA KI.

TU ES ÉNORME, MAIS ÇA M'ARRANGE BIEN...
QUI DIT GROSSE EXTERMINATION DIT GROSSE RÉCOMPENSE...
... ET PUIS C'EST TOUT...
BROUOOOH
BROUOOOOOH
DITES DONC, VOUS POURRIEZ PAS ALLER UN PEU PLUS VITE ?
SI ON S'ÉLOIGNE PAS UN PEU...

SEKKA IWATA ET YŪ AOKI PRÉSENTENT

SOMMAIRE

1
SCÉNARIO : SEKKA IWATA
DESSIN : YŪ AOKI
Magilumière
Co. Ltd